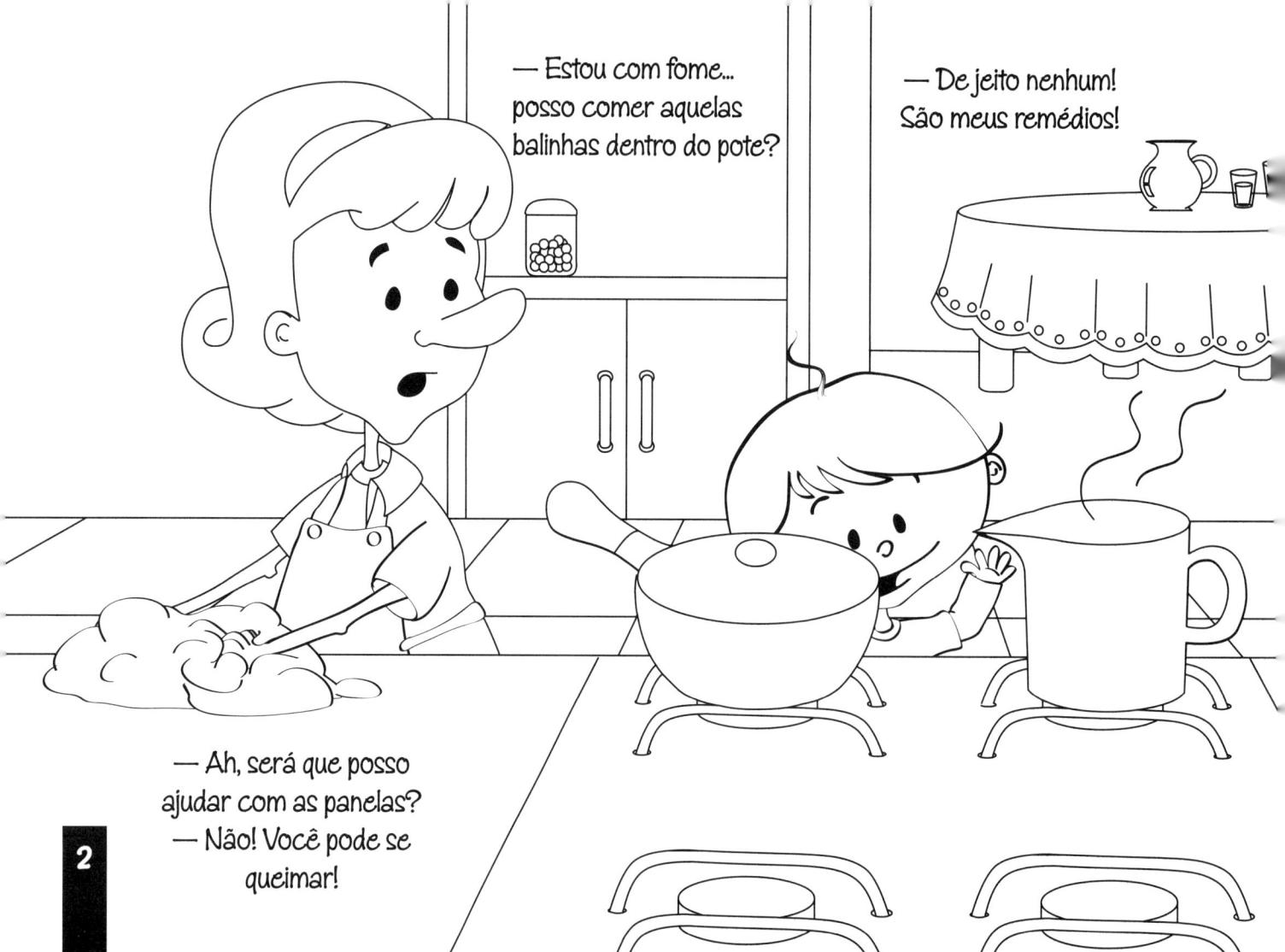

— Às vezes você ora pedindo alguma coisa para Deus e Ele responde "não". Não é mesmo?
— É...

— O "não" também pode significar que Ele está esperando para dar a você algo ainda melhor.
— Hummmmm...

— Você não podia comer aquelas balinhas, nem ajudar na cozinha, nem sair de casa, mas meus biscoitos estão prontinhos! Vamos comer?
— Obaaaa!!!

Publicações
Pão Diário

210mm x 148mm | 8 páginas
Capa: couché 157g/m²
Miolo: papel offset 100g/m²
Impresso por China King Yip (Dongguan)
Printing & Packaging Fty. Ltd.
IMPRESSO NA CHINA

IMPORTADOR: Ministérios Pão Diário
R. Nicarágua, 2128
82515-260 Curitiba/PR, Brasil
CNPJ 04.960.488/0001-50

© 2011 Ministérios Pão Diário.
Todos os direitos reservados.

Texto: Lucila Lis
Ilustrações: Leila Lis e Lucila Lis
Revisão: Rita Rosário

YT949
ISBN 978-1-60485-333-9
9 781604 853339